Ainsi va la vie

Max et Lili veulent se débrouiller seuls

Dominique de Saint Mars

Serg

CALLIGRAM
CHRISTIAN GALLIMARD

*Merci à Renaud de Saint Mars
pour sa collaboration.*

Série dirigée par Dominique de Saint Mars

Imprimé en Italie
ISBN : 978-2-88480-825-5

BAM !

Aïe ! Aïe !
Aïe !!!
Attends ! J'arrive, mon pauvre lapin !

Je t'avais dit de m'attendre pour réparer la niche !
Tu ne veux pas qu'on fasse les choses seuls, mais tu n'as jamais le temps. Et il pleut dans la niche de Pluche et Pompon !

Mon père non plus, il ne me laissait rien faire, il faisait tout à ma place ! Et il disait que j'étais « adroit de mes mains comme un cochon de sa queue » !
Et toi, tu continues avec moi !
Maintenant, papy, il nous laisse faire, même des trucs difficiles !

On ne peut pas réparer avec UNE planche. Il faut toutes les changer, elles sont pourries ! Et il faut d'abord arracher ton clou !
Attention, papa !

Zut, zut, je me suis fait mal, moi aussi ! J'ai dérapé sur le clou et je me suis pincé le doigt !

Avec nos deux mains, toi la droite, moi la gauche, on peut encore planter des clous ! Mais c'est moi qui tiens le marteau !
Ah non, moi ! Mais avant, il faut acheter des planches neuves pour refaire le toit !
Et une visseuse ! Tu m'as promis que je pourrais m'en servir...
Mais j'ai peur que tu te fasses mal !
Mais non, on n'est pas des nuls !

Tu viens, Max, on fait le gâteau au chocolat avec la recette que t'as recopiée !
Alors, on a tout : les œufs, le beurre, le sucre, le chocolat et la farine !
Pour une fois, je vous laisse faire !
Bon je m'occupe des œufs... pour séparer les blancs des jaunes !
Ah non, c'est moi qui le fais ! C'est NOTRE gâteau, pour NOS copains !

Et là, comment on fait déjà ?
Garde bien le jaune dans la coquille et verse le blanc dans ce bol-là ! Moi, je fais fondre le beurre avec le chocolat !
Maman, tu peux me passer le mixeur pour battre les blancs en neige ?

Je crains le pire... !

J'y arrive très bien !
Enfonce-le, ça éclabousse ! Moi, j'ajoute les jaunes à mon mélange ! Et toi, les blancs...
Et c'est moi qui mets au four !
BRRRRRR

Et pendant que ça cuit, je vais changer vos couettes !
Oh non, laisse-nous le faire !
On a notre technique fantôme pour mettre les couettes dans les housses !

Oups ! On a oublié la farine ! Il va être tout mou, le gâteau !
On le fera durcir au frigo !

Ah ! Tu nous a mis les housses jaunes, celles qui sont les plus douces, j'adore !
Regarde bien, maman ! On va te faire la démonstration de la technique fantôme !

OUH
OUH
OUH !
CLAP
CLAP
Puisque tu es là, maman, tu m'aides à enfiler la housse et on peut faire deux fantômes !

HOUHOUUU !
Arrêtez, j'ai trop peur !
HOUHOU !
Magnifique, votre technique, je l'adopte ! Il y a aussi toutes ces chaussettes solitaires, il faudrait retrouver les paires…
Peut-être qu'elles ont divorcé ? Bon, on va partir à la chasse, on fait nos lits, on s'occupe de tout !
Maman, tu m'avais dit que tu remettrais les boutons !

Tu pourrais le faire toi-même, pas difficile ! Tu sais coudre, non ?
C'est ça, parce que je suis une fille ! Quel macho ! La cuisine et la couture pour les filles, les voitures et les pistolets pour les garçons !

Pas du tout ! D'ailleurs, je fais mes habits moi-même ! Voilà mon écharpe pour l'hiver, c'est mamie qui m'a appris le crochet !
Zut ! Le gâteau dans le four !

* Retrouve madame Fifi dans *Max et Lili veulent soigner tout le monde.*

Je sais, c'est raté, j'ai oublié la farine !
Mais non, c'est fondant et délicieux ! Les grandes découvertes scientifiques sont souvent dues à des erreurs… !
Ici, on est encouragés, même quand on se trompe !
Vos parents, ils voudraient tout vous apprendre, mais ça met du temps à devenir autonome, un petit humain !
Mais ils ne sont pas nous, ils ne savent pas ce qu'on peut faire, surtout s'ils font tout à notre place !

* *Génétique* : science de l'hérédité. Chaque parent transmet à l'enfant la moitié de ses gènes.

* Dopamine : molécule du plaisir et de la récompense, envoyée par les neurones du cerveau.

C'est la première fois qu'on va avec toi chez Brico ! On aurait dû y aller en vélo !
J'aurais préféré, mais si on rapporte des planches, on a besoin de la voiture !

Et aussi des vis, des clous, de la colle et une perceuse-visseuse !
On a déjà une perceuse !
Mais avec une autre, on peut travailler avec toi : un ou une qui perce, l'autre qui visse, question d'organisation !

Les outils, c'est là-bas, papa !
Un seul tournevis, c'est pas assez. Il faut des gros, des petits, des plats, des cruciformes !
Du calme, on n'est pas venus pour acheter tout le magasin !
Mais papa, si tu ne veux plus être le seul avec maman à tout réparer, il faut que tu nous apprennes, qu'on s'y mette !
C'est plus long de vous apprendre que de le faire moi-même, tu sais !

Moi, j'aime bien celle-là, pas trop lourde et plus jolie !
Regarde la mienne, avec super batterie et grosse boîte d'accessoires. Le top de la perceuse-visseuse !
On va prendre celle de Lili. Elle est petite, légère et pas trop chère.

Mais papa, on n'a pas acheté de peinture pour la niche quand elle sera réparée !
Il y a plein de pots pas terminés dans le garage, ça ira très bien !

Enfin, papa, laisse-moi percer la planche pour que tu puisses mettre la vis !
Je vais tenir la perceuse avec toi ! J'ai peur que ton trou ne soit pas droit et que tu te fasses mal !

Max n'apprendra jamais si tu fais tout à sa place !
Ce n'est pas un travail d'enfant, et je ne veux pas que vous vous serviez de la perceuse tout seuls ! Allez, on y va, sinon on n'aura jamais fini !

Bon, j'ai fait une marque au crayon, on va percer là, bien vertical.
Allez, je perce !
RRRRRRR !
Tiens, Lili, à toi de visser !
Pas besoin ! Moi, je suis assez grande !
GRRR
RRRRR !
C'est génial ! On pourrait construire une maison entière comme ça !
C'est drôle, c'est comme un pistolet !

Bon, j'ai compris... pas besoin de le faire cinquante fois... Tu continues, papa ?!
T'en as déjà marre, Max ! Pour apprendre, il faut de la per-sé-vé-rance !
?

J'ai appris, mais ça ira plus vite si papa continue tout seul. Pluche et Pompon sont pressés...
Et il faut qu'on aille s'occuper du gâteau !
Pluche & Pompon

Marlène, Valentine et Simon, ils vont être contents de ce qu'on a fait pour eux !
Y a intérêt !
SLURP
Arrête, Max !
C'est vrai que c'est super bon ! Elle avait raison, madame Fifi !
Mmmmm... !
Tiens, je les entends qui arrivent !

Mmm... ! Ça sent bon le chocolat ici !
C'est votre mère ou votre père qui l'a fait ?
Rien qu'à le regarder, on se sent grossir !
Non, c'est une recette spéciale amaigrissante, sans farine !

Et c'est nous qui l'avons préparée, spécialement pour vous !
On a décidé de se débrouiller pour tout ! Avec notre coach, madame Fiti !

Oh, c'est une tuerie, même si c'est gras et sucré !
Sûrement... Mais tant pis... !
Non ! Le chocolat, c'est un poison pour vous !

Un peu pour les parents... Ils vont se disputer pour se le partager ! Ça leur apprendra à ne pas nous faire assez confiance !
Moi, j'aimerais bien que mes parents se disputent pour un morceau de gâteau ! Ils ne se voient jamais... Ils ne se parlent plus...

* Retrouve Simon dans *Simon a deux maisons* et Marlène dans *Marlène grignote tout le temps*.

Ah, les parents ! Trop bon, notre gâteau, on vous en a gardé un petit morceau !
En effet... !
Tu as fini la réparation de la niche, papa ?

Oui, il ne me reste plus qu'à la peindre...
Ah non ! C'est nous qui le faisons, avec les pots de peinture du garage ! Tu ne peux pas nous priver de toutes les corvées ! Et les copains ont envie de vrai travail !

Mais… quelle couleur ? Vous avez pensé au papier journal ?
On voit le jour entre les planches, papa, tu sais !
On mettra beaucoup de peinture, ça bouchera les trous !
Ça peut être une catastrophe ! Tant pis, on prend le risque, la confiance en soi n'a pas de prix !

Tu mets les journaux ?
Qu'on est des pros !
Oui, on va prouver qu'on n'est pas des cochons !

Pas trop de noir, il ferait trop chaud dedans quand il y a du soleil !
Moi, je vois bien quelque chose entre l'arc-en-ciel et le camouflage...

Ce n'est plus une niche,
c'est une œuvre d'art !
Et on dirait que ça plaît
bien à Pluche...
Tiens, Pompon a l'air bizarre...

Attention, voilà le gros chat rayé... la terreur du quartier !
Aïe, Pompon va se réfugier dans l'arbre !
GRR !

Zut ! Il n'est pas près de redescendre, on va devoir appeler les pompiers !
Non, pas les pompiers, je vais le chercher !
Non, Lili, c'est trop dangereux !

Max, il faudrait venir m'aider si j'attrape Pompon, que je puisse te le passer, j'ai peur qu'il saute... !
J'arrive !
On arrive !

Pas facile d'une main, quand on se tient avec l'autre !
Fais attention, ne le lâche pas, Lili !
Après, tu me le passes !
Puis, à moi !

J'ai eu horriblement peur, mais vous avez été formidables !
Mais maman, Max et moi, on est déjà montés plein de fois en haut de l'arbre !
Tellement peur qu'on en a oublié les couleurs de la niche !
Pourquoi ? Vous n'aimez pas ?
Euh si !
On s'est débrouillés avec ce qu'on avait !

Vous vous êtes débrouillés par vous-mêmes, vous avez été responsables et en plus, vous avez fait équipe, bravo !
Mais, Lili, on pourrait pas faire équipe avec vous pour aller chez madame Fifi ?
Oui ! Je pourrais venir aussi ?
Moi aussi ?
Moi aussi ?

Mais si vous vous débrouillez comme ça, de mieux en mieux, vous n'aurez plus besoin de nous ?!

Même quand on sera grands, vous serez toujours nos parents !
Et ne vous en faites pas, on aura toujours besoin de vous !
Ça ne vous ennuie vraiment pas de garder ma fille pendant les vacances ?
Et mon fils aussi ?

Et toi...

Est-ce qu'il t'est arrivé la même histoire qu'à Max et Lili?
Réponds aux deux questionnaires...

Ça t'énerve qu'on te dise : « je vais t'aider », « t'es trop petit », « c'est trop dangereux » ou « tu ne peux pas y arriver » ?

Tu as plein d'idées ? Tu aimes bien fabriquer, bricoler ? Tu te sers bien de tes mains ? Tu as confiance en toi ?

Tu essaies de faire ton travail seul, même si ce n'est pas parfait ? Qu'as-tu déjà fait dont tu peux être fier ?

En cas de problèmes, de peurs, de disputes, tu sais te défendre et aussi écouter, comprendre, négocier ?

On fait tout à ta place pour aller plus vite ou on te montre comment faire ? On te laisse faire sans s'inquiéter ?

À la maison, on te demande souvent d'aider ? Tu es content de le faire ? Tu sais réparer pour ne pas gaspiller ?

Tu as peur de te tromper, de rater, d'être ridicule ? Tu ne sais pas le faire ? Ça te rappelle un mauvais souvenir ?

Tu trouves qu'on n'est pas gentil avec toi et qu'on préfère les autres ? Alors tu n'as pas envie de te donner du mal ?

Tu es content d'être petit et qu'on fasse tout pour toi ? Ou tes parents sont trop inquiets et ça te bloque ?

Tu préfères regarder faire les autres ou rester devant les écrans ? Qu'aimes-tu faire tout seul ?

Est-ce que tes copines ou tes copains sont comme toi ? Ou en as-tu qui se débrouillent bien par eux-mêmes ?

Tes parents ne sont pas toujours là après l'école ? Tu n'aimes pas te faire à manger ou te mettre au travail tout seul ?

Après avoir réfléchi à ces questions sur l'envie de devenir autonome, tu peux en parler avec tes parents ou tes amis.

Dans la même collection

1 Lili ne veut pas se coucher
2 Max n'aime pas lire
3 Max est timide
4 Lili se dispute avec son frère
5 Les parents de Zoé divorcent
6 Max n'aime pas l'école
7 Lili est amoureuse
8 Max est fou de jeux vidéo
9 Lili découvre sa Mamie
10 Max va à l'hôpital
11 Lili n'aime que les frites
12 Max raconte des « bobards »
13 Max part en classe verte
14 Lili est fâchée avec sa copine
15 Max a triché
16 Lili a été suivie
17 Max et Lili ont peur
18 Max et Lili ont volé des bonbons
19 Grand-père est mort
20 Lili est désordre
21 Max a la passion du foot
22 Lili veut choisir ses habits
23 Lili veut protéger la nature
24 Max et Koffi sont copains
25 Lili veut un petit chat
26 Les parents de Max et Lili se disputent
27 Nina a été adoptée
28 Max est jaloux
29 Max est maladroit
30 Lili veut de l'argent de poche
31 Max veut se faire des amis
32 Émilie a déménagé
33 Lili ne veut plus aller à la piscine
34 Max se bagarre
35 Max et Lili se sont perdus
36 Jérémy est maltraité
37 Lili se trouve moche
38 Max est racketté
39 Max n'aime pas perdre
40 Max a une amoureuse
41 Lili est malpolie
42 Max et Lili veulent des câlins
43 Le père de Max et Lili est au chômage
44 Alex est handicapé
45 Max est casse-cou
46 Lili regarde trop la télé
47 Max est dans la lune
48 Lili se fait toujours gronder
49 Max adore jouer
50 Max et Lili veulent tout savoir sur les bébés
51 Lucien n'a pas de copains
52 Lili a peur des contrôles
53 Max et Lili veulent tout tout de suite !
54 Max embête les filles
55 Lili va chez la psy
56 Max ne veut pas se laver
57 Lili trouve sa maîtresse méchante
58 Max et Lili sont malades
59 Max fait pipi au lit
60 Lili fait des cauchemars
61 Le cousin de Max et Lili se drogue
62 Max et Lili ne font pas leurs devoirs
63 Max va à la pêche avec son père
64 Marlène grignote tout le temps
65 Lili veut être une star
66 La copine de Lili a une maladie grave
67 Max se fait insulter à la récré
68 La maison de Max et Lili a été cambriolée
69 Lili veut faire une boum
70 Max n'en fait qu'à sa tête
71 Le chien de Max et Lili est mort
72 Simon a deux maisons
73 Max veut être délégué de classe

74 Max et Lili aident les enfants du monde
75 Lili se fait piéger sur Internet
76 Émilie n'aime pas quand sa mère boit trop
77 Max ne respecte rien
78 Max aime les monstres
79 Lili ne veut plus se montrer toute nue
80 Lili part en camp de vacances
81 Max se trouve nul
82 Max et Lili fêtent Noël en famille
83 Lili a un chagrin d'amour
84 Max trouve que c'est pas juste
85 Max et Lili sont fans de marques
86 Max et Lili se posent des questions sur Dieu
87 Max ne pense qu'au zizi
88 Lili fait sa commandante
89 Max décide de faire des efforts
90 Lili a peur de la mort
91 Lili rêve d'être une femme
92 Lili a la passion du cheval
93 Max et Lili veulent éduquer leurs parents
94 Lili veut un téléphone portable
95 Le tonton de Max et Lili est en prison
96 Max veut sauver les animaux
97 Lili est stressée par la rentrée
98 Max et Lili veulent être gentils
99 Lili est harcelée à l'école
100 Max et Lili ont des pouvoirs magiques
101 Max boude
102 Max et Lili font du camping
103 Max et Lili en ont marre de se dépêcher
104 Lili a trop honte
105 Lili invite une copine en vacances
106 Max et Lili veulent être populaires
107 Max et Lili trouvent leur cousin angoissé
108 Max et Lili vont chez Papy et Mamie
109 Max et Lili ont peur des images violentes
110 La copine de Lili n'a pas de papa
111 Max se trouve trop petit
112 Max et Lili cherchent leur métier
113 Max en a marre de sa sœur
114 Max et Lili décident de mieux manger
115 Max et Lili ont du mal à se concentrer
116 La copine de Lili est en famille d'accuei
117 Max et Lili ont peur de parler en public
118 Max et Lili veulent rester en vacances
119 Max et Lili disent que c'est pas de leur faute
120 Lili veut jouer au foot
121 Les parents de Max et Lili sont accros au portable
122 Max et Lili ont peur du noir
123 Max se sent seul
124 Max et Lili veulent soigner tout le monde
125 Max et Lili aiment trop rire
126 Max et Lili veulent se débrouiller seuls
127 Max croit n'importe quoi